novum pocket

Heike Wolf

Makler mit Herz
Nach Geprächen mit Andreas Eissfeldt

novum pocket

Bibliografische Information
der Deutschen Nationalbibliothek:

Die Deutsche Nationalbibliothek
verzeichnet diese Publikation in der
Deutschen Nationalbibliografie.
Detaillierte bibliografische Daten
sind im Internet über
http://www.d-nb.de abrufbar.

Alle Rechte der Verbreitung, auch
durch Film, Funk und Fernsehen, fotomechanische Wiedergabe, Tonträger, elektronische
Datenträger und auszugsweisen
Nachdruck, sind vorbehalten.

Gedruckt in der Europäischen Union
auf umweltfreundlichem, chlor- und
säurefrei gebleichtem Papier.

© 2025 novum publishing gmbh
Rathausgasse 73, A-7311 Neckenmarkt
office@novumverlag.com

ISBN 978-3-903468-80-1
Lektorat: Thomas Schwentenwein
Umschlagfotos: Andreas Eissfeldt,
Bernhard Wolf
Umschlaggestaltung:
Johannes Baum l Atelier Baum
Layout & Satz: novum Verlag
Innenabbildungen: Andreas Eissfeldt

www.novumverlag.com

Inhaltsverzeichnis

1. Geschichte: Wohnung mit Weitblick 7
2. Geschichte: Das Haus an der Mühle 10
3. Geschichte: Andreas Eissfeldt 15
4. Geschichte: Der erhängte Notar 21
5. Geschichte: „Attraktiver Bauernhof"
   zu verkaufen 26
6. Geschichte: Die allererste echte Freundin ...
   eine Geschichte über
   den Tod hinaus 30
7. Geschichte: Stammtischkäufe 34
8. Geschichte: Freischützstraße oder
   „Wie umgehen mit
   Vorzugskäufern?" 37
9. Geschichte: Theresienstraße 46 40
10. Geschichte: Eine Anzeige –
    600 Interessenten – OMG! 48
11. Geschichte: Das delikate Objekt 52
12. Geschichte: Wie sind die Geschichten
    ins Buch gekommen? 55

Danksagung 58

1. *Geschichte*
Wohnung mit Weitblick

München ist meine Heimatstadt. Hier bin ich aufgewachsen und hier möchte ich auch das letzte Drittel meines Lebens verbringen. Seit ich wieder regelmäßig in München gearbeitet habe, wurde mir das klar. Und mein Traum von einer Wohnung in München ließ mich nicht mehr los. Bald hatte ich entschieden, dass ich unbedingt im Olydorf leben möchte. Hier passt die Infrastruktur: Die U-Bahn ist vor der Nase, ein Auto verzichtbar. Zum Einkaufen ist alles da. Schöne Sportstätten und viel Natur sind vor der Haustüre. Es ist lebendig. Hier leben die unterschiedlichsten Menschen. Das Olydorf ist bunt. Einige Kolleginnen und Kollegen, die seit Jahren hier wohnen, haben mir ausführlich vom Leben hier erzählt und vorgeschwärmt. Da wollte ich also hin. Für meinen Mann und mich sollte es eine Dreizimmerwohnung in der Connolly-, Nadi- oder Straßbergerstraße sein, am liebsten mit großer Terrasse und schönem Blick. Ein paar Wohnungen hatte ich bereits besichtigt. Eine hätten wir beinahe gekauft. Aber irgendetwas passte da wohl nicht. Jedenfalls hat der Kauf nicht geklappt. Schade. Zunächst schade.

Dann haben wir eine Anzeige gesehen: Gut 100 Quadratmeter am Helene-Mayer-Ring offenbar mit einem ansprechenden Blick über die Stadt. Das klang erst mal gut, vor allem der quadratisch praktische Grundriss. Aber in einem Betonbunker? Utopisch auch der Preis, weit weg von unseren Vorstellungen.

Ich hatte eh mal wieder einen Besichtigungstermin in einer der Terrassenwohnungen. Warum also nicht eben eine Wohnung im Hochhaus anschauen?

Rauf mit dem Aufzug in den 16. Stock. Makler Andreas Eissfeldt hat mich empfangen und war sich anscheinend sicher, dass die Besichtigung auf der Süd-Loggia beginnen muss. Ich habe mich also drauf eingelassen. Schnell durch den Flur, durch die Küche, durchs Wohnzimmer, raus auf die Loggia … und dann … Du meine Güte, dieser Makler weiß, wie's geht. Und er hat mich voll erwischt: **Wow. Geflashed.** Ganz nah unter den Wolken, Blick über das komplette Zeltdach, links der Olympiaturm und – unfassbar! – die Berge. Der komplette Alpen-Kamm. So wunderschön. Ein unglaublicher Blick. Und das, obwohl es noch nicht mal Föhn hatte!

„So hab ich mir das vorgestellt", habe ich atemlos gesagt. „Dann sind Sie die Frau für diese Wohnung", meinte der sympathische Makler Andreas Eissfeldt absolut überzeugt.

Und genauso unkompliziert, geradlinig und konsequent ging's weiter. Die Verhandlungen liefen perfekt und geradezu herzlich miteinander. Es hat gepasst.

Fazit: Alles Rechnen, Vergleichen, Recherchieren, Meinungen und Erfahrungen einholen ist wichtig und hilft, zu entscheiden, welche Wohnung die richtige ist. Aber was sich am Ende dann doch durchsetzt, sind die Emotionen. Der Wohnungskauf ist weitestgehend Bauchgefühl-Sache. Die wunderschöne Wohnung im 16. Stock mit dem grandiosen Blick ist unsere! Welch ein Glück!

2. *Geschichte*
Das Haus an der Mühle

Das Haus, um das es geht, ist „abscheulich gelegen", so sieht es jedenfalls Andreas Eissfeldt. „Wildromantisch" vielleicht? „Wild schon, romantisch nicht." „Fast am Ende der Welt." Bezeichnend: Der Weg zum Haus endet in einer Sackgasse. Wer dorthin will, muss über Baden-Württemberg fahren, obwohl das Haus an einer Mühle in Bayern liegt. Es geht um ein Gebäude aus dem 19. Jahrhundert.

Eine ehemalige Mühle, umgeben von sehr hohen Bäumen. Immerhin 3.000 Quadratmeter Grund. Unten liegt das Objekt, am Bach, wirklich ganz unten, wo's dunkel ist. Auch noch am Hang. „Unverkäuflich", so das vernichtende Urteil. Makler und Nachlassverwalter sind sich absolut einig. „Nichts wert."

Der eigentliche Erbe, der Sohn einer Familie, die in der Nachbarschaft eine Fischzucht betreibt, wollte das Haus nicht. Auch die Gemeinde hat das Erbe ausgeschlagen. Denn das Anwesen war mit einigen Hypotheken belastet. Ein neuer Eigentümer hätte viel Geld reinstecken müssen, um es wieder bewohnbar zu machen.

Drinnen wohnte früher der Willi, ein Arzt für Großtiere. Mit ihm seine Lebensgefährtin, die Wiltrud. Sie hatte eine Tierarztpraxis in München. Willi operierte in ihrer Praxis. „Er ist unheimlich gut im Operieren, besser als ich", sagte Wiltrud. Und: „Der Kerle war net dumm, ist auf die schiefe Bahn geraten, hat viel getrunken", sagten die Leute im Ort.

Schließlich wollte Wiltrud im Haus an der Mühle eine Tierarztpraxis einrichten. Das hat nicht wirklich gut geklappt. Ohne WC und Wartezimmer blieben die Patienten aus. Und für eine Renovierung war kein Geld mehr da.

Insgesamt war das Haus überhaupt nicht gepflegt. Der Balkon zum Beispiel war verfault und ist runtergebrochen. Direkt beim Eingang rechts stand ein Tonkreis zum Draufsetzen, also ein Plumpsklo. Dieselbe Einrichtung existierte genau darüber, ein Stockwerk höher. Also war eine konkrete Absprache notwendig, wenn zwei gleichzeitig die Toilette aufsuchen wollten. Den Anschluss an die Kanalisation konnte man sich nicht leisten.

Im Erdgeschoss die fünf Quadratmeter kleine Küche, ein Aufenthaltsraum und die gute Stube. Im ersten Stock Willis Zimmer, Schlafzimmer und Wohnzimmer. So beschreibt es der ortsansässige Jäger, der öfter im Haus war und Willi geholfen hat, unter anderem einen Warmwasserspeicher eingebaut hat.

Fünf Zimmer also und ein Lehmkeller, vielmehr eine Art Gewölbe, in das eine morsche Treppe führte. Das Gewölbe war offenbar wirklich sehenswert: Unter vielen Marmeladentöpfen standen Gläser mit eingelegten Tierteilen, Organe von größeren Tieren (Willi war ja spezialisiert auf Großtiere, wie Pferde und Kühe), aber auch komplette Frösche und andere kleine Lebewesen. Da stand die fast gesamte Tierwelt konserviert in Weckgläsern.

Auch nicht uninteressant: ein schöner Safe, relativ groß, sicher etwa einen Meter hoch, grün gestrichen, gefüllt mit Betäubungsmitteln in größeren Mengen. Das alles hat Andreas Eissfeldt gesehen.

Da keiner erben wollte, fiel das Haus an der Mühle an den Freistaat Bayern, der es verkaufen wollte. Ein Gutachter schätzte das Anwesen schließlich auf 70.000 Euro. Inseriert wird auf Drängen des Nachlassverwalters für 120.000 Euro. Man kann's ja mal probieren. Die Anzahl der Bewerber war überschaubar. Einer war gleich wieder weg: „Das ist doch eine Unverschämtheit!"

Dann kommt ein junges Pärchen, höchstens 30 Jahre alt. Sie unterhalten sich bei der Besichtigung über eine mögliche Renovierung: „Das müssen wir ja nicht alles gleich machen ..." In der halb eingestürzten Mühle wollten sie den Übungsraum fürs Schlagzeugspielen einrichten. Sie waren sich bald einig, machten schnell ein Angebot: „Wir würden 110.000 Euro bezahlen." Das Herz von Andreas Eissfeldt hüpft. Aber das kann man ja so auch nicht machen. Das ließ sich mit seinem Gewissen beim besten Willen nicht vereinbaren. „Also, bieten Sie mal 90.000 Euro!", rät er den jungen Leuten. Der Nachlassverwalter fällt dem Makler quasi um den Hals. Das „abscheulich gelegene" Objekt ist verkauft.

Zwei Jahre später ... bei manchen Objekten interessiert's Andreas Eissfeldt schon, was aus ihnen geworden ist. Da schaut er gerne mal wieder vorbei. Überraschung: äußerlich keine Veränderung. Wie sagte die junge Frau: „Das müssen wir ja nicht alles gleich machen ..."

Inzwischen wissen wir, dass das junge Paar das heruntergekommene Haus mühsam ausgeräumt und das meiste Gerümpel entsorgt hat, darunter all die eingelegten Kleintiere und Tierorgane. Dann aber mussten oder wollten die beiden offenbar bald wieder verkaufen. Es hat wohl an Geld für die umfangreiche Renovierung gefehlt.

Heute gehört das Haus an der Mühle einem Schreiner, der es mithilfe seiner Verwandtschaft komplett entkernt und „wunderschön hergerichtet" hat. Er wohnt mit seiner mehrköpfigen Familie drinnen.

3. Geschichte
Andreas Eissfeldt

Er ist ein Original. Der Meinung bin ich, die Autorin. Andere aber auch. Lassen wir das Original also zu Wort kommen:

Studieren war ohne Alternative in meiner Familie: Man hatte zu studieren. Wichtig: Eine naturwissenschaftliche Ausbildung musste es sein.

Also habe ich Physik studiert. Wenigstens bis zum Vordiplom. Spätestens bei der Lehre der komplexen Zahlen und bei dreidimensionalen Fachwerken war der Spaß für mich vorbei. Und Lust, in Garching zu studieren, hatte ich sowieso nicht. Es sollte schon München sein.

Wunderbar, meine Eltern planten einen siebenwöchigen Urlaub. Die Gelegenheit, meinen Ausstieg aus dem Physik-Studium anzugehen. Super, ich konnte mich sofort für Betriebswirtschaftslehre an der Ludwigs-Maximilian-Universität einschreiben.

Also habe ich dann BWL studiert. Obwohl ich ja im Frühjahr 1989 bereits meine eigene Firma hatte. Wir haben Versicherungen verkauft.

Das Examen war so gut wie ohne Aufwand mit dem Abschluss 2,5 nach zwölf Semestern zum letztmöglichen Zeitpunkt gemacht. Das ging nur, weil ich mich intensiv externer Hilfe bedient habe in Form eines Private Coach. Gewusst habe ich immer schon sehr wenig. Das Bisschen aber habe ich einfach bis zur letzten Rille hingeschrieben.

Mitte der 1990er sollte sich einiges ändern.

Mit der Mutter meiner damaligen Freundin verstand ich mich sehr gut. Einmal redeten wir in der Vorstellungspause in der Kleinen Komödie am Max-II-Denkmal:

„Du, ich weiß gar nicht, was ich im Leben noch alles erreichen soll. Ich habe ja meinen Maserati (zum Großteil fremdfinanziert. Der Rest war ein schöner Provisionsscheck), einen 7er-BMW, eine eigene Firma und die beste Lebenspartnerin der Welt." Mit der Schmeichelei über ihre Tochter wollte ich punkten. Das hat nicht wirklich funktioniert. Und mein offensichtliches Gelangweiltsein kam überhaupt gar nicht gut bei ihr an.

Die Reaktion der Mutter der Freundin, eine klassische 68erin: Sie gab mir die Telefonnummer einer Psychotherapeutin.

Meine Kindheit war leider zu behütet daheim. So jedenfalls habe ich es empfunden. In einen Kindergarten durfte ich nie. So hat dieses Behütetsein bei mir wohl schließlich zu einer Art Sozialphobie geführt.

Die Jahre mit der Psychotherapeutin haben mich sozialisierter gemacht, mir Werkzeuge an die Hand gegeben, mir selbst zu helfen. Und nur so konnte ich mein Studium damals zu Ende bringen. Die Psychotherapeutin ist längst in Pension. Aber wir treffen uns heute noch einmal im Jahr zum Mittagessen. Ich schätze diese Treffen sehr.

Meine Firma plätscherte während des Studiums so dahin. Ich musste Dispokredite aufnehmen. Und lebte mehr oder weniger von der Mehrwertsteuer-Rückerstattung. Eines Tages dann, in der Früh um fünf, rutschte ich nach einer schlaflosen Nacht – wie im Film – an der Türzarge runter und dachte mir: „Spezi, das kann ja so was von schiefgehen." Wenn ich mir das heute so betrachte, war ich *vis-*

à-vis de rien, sah mich quasi von Angesicht zu Angesicht mit dem Nichts. Aber ich wohnte in einer 160-Quadratmeter-Wohnung und zahlte 5.500 DM Miete.

Dann (2002) kam der Wendepunkt. Endlich. Ich begann, mich am eigenen Schopf aus dem Schlamassel zu ziehen. Sparen war angesagt. Und wie!

Ich vergesse nie, wenn mir jemand mal in einer schwierigen Situation geholfen hat: Jedes Jahr vor Weihnachten besuche ich die Bankmitarbeiterin, die mir damals netterweise den Kredit nicht gekündigt hat, um mich herzlich zu bedanken.

Ein halbes Jahr bevor die Sonderabschreibungen ausliefen, haben Leute im Osten Immobilien wie verrückt gekauft. Wir verkauften damals zwar deutschlandweit Immobilien. Zusätzlich zu unserem Versicherungsvertrieb. Aber im Osten wollte ich eigentlich nie ins Geschäft kommen. Doch dann kam der Auftrag in Dresden. Eine kleine Villa von sehr hoher Qualität und in sehr guter Lage im Künstlerviertel war zu verkaufen. Ich habe den Auftrag angenommen. Und diese Provision hat mich wahrhaftig gerettet.

Die Zeit der Individual-Immobilien hatte für mich begonnen. In meiner Firma beschäftigte ich damals sechs Mitarbeiter, die noch klassische Akquise betreiben. Mit der Zeit wurden die Aufträge aber immer weniger. Auch weil die guten Mitarbeiter sich selbstständig machten und meine Firma leider verließen. Auf der Suche nach Aufträgen schaute ich ein mir bekanntes Objekt an, das leer stand. An der Hauswand stand der Name der Hausverwaltung. Die habe ich angerufen und mir die Telefonnummer von der beauftragten Bank geben lassen. So hatte ich bald Kontakt zur Kreditabwicklungsabteilung der HypoVereinsbank. Und das führte zu einer sehr guten Geschäftsbeziehung.

Damals war das sogenannte NPL-Geschäft aktuell, d. h. das Geschäft mit Problemkrediten oder Not leidenden Krediten (non-performing loan, abgekürzt NPL). Etwa zehn Jahre lang verkaufte ich Immobilien für Banken. Das lief gut.

Zu der Zeit war ich auch Vorstand des Freundeskreises des Wilhelm-Hausenstein-Gymnasiums. Keiner sonst wollte das machen. Ohne neuen Vorstand hätte der Verein aufgelöst werden müssen. Also habe ich die Aufgabe gerne und mit viel Empathie übernommen. Und dann hat sich zufällig auch noch was ganz anderes daraus entwickelt.

Bei einem Essen nach einer Theateraufführung im Gymnasium saß ich der Ehefrau des Deutschlehrers und Mitvorstandes gegenüber:

„Was machen Sie so, wenn Sie nicht gerade Vorstand sind?", fragte sie.

Sie war die Chefjustiziarin der Nachlassabteilung eines großen gemeinnützigen Vereins. Die Begegnung war zufällig, aber ideal.

Bald kamen Aufträge von dem Verein. Mit der Zeit hatte ich mir in diesem Bereich ein ordentliches Netzwerk von verschiedenen Vereinen erarbeitet. Außerdem wurde ich auch immer wieder weiterempfohlen. Die Geschäfte mit den Vereinen laufen bis heute nicht schlecht. Alle haben immer wieder Immobilien aus Nachlässen zu verkaufen.

Seit 1991 habe ich als Makler insgesamt weit mehr als 1.000 Objekte bearbeitet. Die meisten auch verkauft.

Das Individualgeschäft war immer schwierig, weil es im Laufe der Zeit immer weniger Aufträge gab. Das Nischengeschäft mit Banken und Vereinen ist die Grundlage für mein Unternehmen. Aber selbstverständlich verkaufe ich auch Immobilien im Auftrag von Privatpersonen.

Was sich nicht verändert hat in all den Jahren:
die Menschen.

Was sich verändert hat:
die Bürokratie, die Komplexität, die Hürden, die es zu überwinden gilt. Obwohl ich auch sagen muss, dass die Überprüfung der Geschäfte natürlich ausgesprochen wichtig ist. Aber bitte doch mit Augenmaß!

Der Immobilienmarkt ist nach meiner Meinung im Laufe der Jahre enger geworden und rückt immer mehr in die Ballungsräume. Das Kapital-Anlage-Geschäft richtet sich heute eher an die Vermögenden. Stark in den Hintergrund getreten ist das Thema Steuern sparen im Immobilienbereich.

Wie in vielen Bereichen laufen die Geschehnisse auch auf dem Immobilienmarkt in Zyklen ab, die sich immer wiederholen. Lassen Sie mich zum Beispiel die Situation im Sommer 2023 nehmen: Wir haben vergleichsweise hohe Zinsen. Das bedeutet für Kapitalanleger alternative Anlagemöglichkeiten. Sie erhalten von den Banken risikolos Zinsen, wenn sie ihr Geld anlegen. Immobilien kaufen müssen sie nicht unbedingt. Folglich steigt das Angebot an Immobilien, denn die Nachfrage ist ja geringer. Das führt zu dem sogenannten Käufermarkt. Vorher hatten wir eine Zeit lang einen Verkäufermarkt. Dazu kommt, dass derjenige Probleme bekommt, der seine Immobilien fremdfinanziert hat und sich aufgrund der hohen Zinsen keine Anschlussfinanzierung leisten kann. Im schlimmsten Fall kommt es dann zu Insolvenzen oder Zwangsversteigerungen. Diese Situation wirkt sich natürlich auf die Immobilienpreise aus. Die Preise sinken wieder und damit werden Immobilien wieder interessanter. Sinken dann noch die Zinsen, steigt die Nachfrage wieder an. Seit Jahrzehnten wiederholt sich das.

Andreas Eissfeldts Moral von seiner Geschichte:
aufrichtig und klar und zuverlässig sein. Das gilt ja eh grundsätzlich, nicht nur bei Immobilienverkäufen. Ebenso wichtig: Zusammenhänge beim Verkauf ehrlich darstellen und nicht zu positiv schildern.

Heute bleibt Andreas Eissfeldt eher auf dem Teppich. (Sie erinnern sich: früher 160-Quadratmeter-Wohnung für 5.500 DM Miete, fremdfinanzierter Maserati ...)
Er wohnt heute in einer Dreizimmerwohnung in Oberföhring und arbeitet in seinem überschaubaren Büro in Bogenhausen.

4. Geschichte
Der erhängte Notar

Es müsste etwa zehn Jahre her sein. Und es geht um eine Doppelhaushälfte. Gekauft hatte sie ein Notar. Die andere Hälfte hat er auch gleich dazu genommen. Er wollte ursprünglich ein Mehrfamilienhaus draus machen. Aber es kam ganz anders: Die Geschichte spielt in einem klassischen mittelalterlichen Dorf in Bayern.

Die eine Hälfte hat er für sich äußerst luxuriös hergerichtet, der Notar: das Badezimmer mit einer großen begehbaren Dusche und einer runden Badewanne mitten im Raum.

Die angrenzenden 15 bis 20 Quadratmeter dienten ihm offenbar nur als Ankleide. Mit einem Schrank, dessen Inhalt das Herz eines jeden Trachtenliebhabers höherschlagen lässt. Sicher an die 50 Trachtenanzüge hingen dort. Wie neu. Wer weiß, wer die jetzt trägt?

Auch die Küche war absolut sehenswert: in der Mitte ein großer Küchenblock mit gegenläufigen Schubladen. Sehr schick. Gar nicht üblich für diese Zeit. Überraschend: In dem sonst sehr aufgeräumten Haus lagen auf dem Küchenbuffet zig Zeitschriften und Zeitungen leicht chaotisch angehäuft. Auch eher ungewöhnlich: eine überaus großzügige Sitzgelegenheit in der Küche: ein Tisch für acht bis zehn Gäste und dahinter die ganze Wand lang eine Lederbank. Wie im beinahe gesamten Haus, so war auch der Küchenboden aus Fischgrätparkett.

In dem Haus war alles elektrisch. Im ganzen Gebäude ein Sound- und Video-System. Nicht nur im Chill-Room.

Klassisch dann der tolle Konzertflügel – wirklich ein Traum für jemanden, der gerne Musik macht!

Überall Kunst – mehr als genug. Skulpturen, Vasen, Gemälde. Im Zwischengeschoss ein großer Hauswirtschaftsraum.

Das Arbeitszimmer hatte einen gefälligen Erker mit Fenster.

Der Notar hat übrigens in der Doppelhaushälfte alleine gewohnt. So um die 250 Quadratmeter waren es, die er für sich zur Verfügung hatte.

Auch sein Garten war riesig. Mit einem Brunnen-Trog. Wunderschön! Mit einer Art „Bühne", quasi einem Mini-Amphitheater. Welches Schauspiel da aufgeführt wurde und ob überhaupt jemals etwas dort aufgeführt wurde, wissen wir nicht. Das Drama spielte sich ja auch innerhalb des Hauses ab.

Der Garten hatte einen Anbau hinten dran. Sogar mit einer Sauna, die von außen begehbar war.

Und ein uralter Keller, beinahe im originalen mittelalterlichen Zustand. Leider hatte der viele Schimmelecken. Ein paar Weinflaschen standen da noch in Kartons.

Das Treppenhaus war eher schlicht, aus unauffälligem braunem Holz. Und wie in vielen Doppelhaushälften: Stufen rauf, Absatz – Stufen rauf, Absatz – Stufen rauf, Absatz …

Dieses schöne Anwesen war insgesamt einfach nur teuer hergerichtet, die Einbauschränke, die Sanitäranlagen, die Fliesen, die Sauna, der Garten mit Bühne …

Der Notar hatte sich sicher sehr wohl gefühlt in seinem Haus. Jedenfalls die meiste Zeit. Wenn er auch alleine dort wohnte. Eines Tages muss sich seine Stimmung drastisch

verändert haben. In den letzten Monaten soll er geradezu geduckt ins Notariat gelaufen sein. So behaupten es manche Leute im Ort. Gar nicht mehr so dynamisch. Und dann erschien er überhaupt nicht mehr in seinem Büro, obwohl gleich in der Früh der erste Termin anstand. Am Abend zuvor hatte er sich schon nicht bei einem Treffen auf dem Golfplatz blicken lassen. Ungewöhnlich.
Was war passiert?

Der Notar mit dem teuren Geschmack hatte sich erhängt.

Am eigenen Gürtel. Der war braun wie die hölzernen Treppenstufen. In seinem eigenen Treppenhaus. Mitten aus dem Leben. Am Treppengeländer ganz oben vom Dachgeschoss aus runter.

Warum aber das Schauspiel? Wir werden das nie genau erfahren. Die Leute aber sagen, weil er zehn Jahre lang keine Steuererklärung abgegeben hatte. (Das muss man erst mal hinkriegen.) Entweder sein schlechtes Gewissen veranlasste ihn zu diesem tragischen Schritt. Oder er fürchtete die unsägliche Blamage, das Gerede der Nachbarn, weil sein „Versäumnis" herausgekommen war. Schließlich war er wer in dem kleinen Ort und im Golfklub. Oder litt er am Ende unter Depressionen? Wir wissen es nicht.
Auf jeden Fall hatte der arme Mann keine Nachkommen. Das Haus ging also letztendlich an den Freistaat Bayern. Der wollte das schön eingerichtete Gebäude verkaufen.
Ausschließlich ausgesprochen handverlesene Interessenten haben das Haus besichtigt. 300.000 Euro sollte die geschmackvoll eingerichtete Doppelhaushälfte kosten.

Und so – genauso! – wurde sie auch verkauft. Die andere Hälfte war günstiger. War ja auch bei weitem nicht so luxuriös ausgestattet. Beide Gebäudeteile kaufte damals ein Münchner Bauunternehmer, der seinen Geschäftsführer in die teuer ausgestattete Haus-Hälfte einziehen ließ.

Wer weiß, ob der die halbe Flasche Rotwein, die noch auf dem Treppenabsatz stand und die der Notar offenbar nicht mehr zu Ende trinken wollte oder konnte, in Ehren gehalten hat.

5. Geschichte
„Attraktiver Bauernhof" zu verkaufen

Ein Anwesen in einer „Alleinlage am Ende des Nichts – am Anus des Kosmos".

Daneben gab's nur noch ein Hunde-Grab, eine Kapelle, einen Wegweiser – oder war's ein Grenzstein oder doch etwa ein Kreuz an der Ecke?

Der Verkäufer hatte sich aktiv bei dem Makler gemeldet. Er kam auf Empfehlung. Aber die Quelle der Empfehlung wollte er nicht nennen.

„Der hat mich genommen, weil wer Makler in München ist, der hat Kontakte zu jemandem, der so was kauft." So klang die vielleicht nicht auf den ersten Blick einleuchtende Erklärung für die Wahl des Maklers Andreas Eissfeldt.

Zu dem zu verkaufenden Objekt: Es ging um knappe 80.000 Quadratmeter, die wie gesagt „am Ende des Nichts" liegen.

Offenbar hatte der Verkäufer das Anwesen vom Vater geerbt. Und der hatte mit Schweinen gehandelt. Das erklärt auch „die eindeutig landwirtschaftlich ausgeprägte Anmutung des Objektes": klassisch vorne das Bauernhaus, hinten der Stall und darüber eine riesige Tenne. „Das war eine richtig große Hütte", so die professionelle Einschätzung des Maklers.

Also bot man „die Hütte" halt für 1,09 Millionen Euro an. (Das klingt besser als 1,10 Millionen.)

Der Auftrag an den Makler lautete erst mal auf ein ganzes Jahr. Großzügig. Aber durchaus realistisch, wie sich dann im Laufe der Zeit herausstellte.

Man schleuste 20 Interessenten über die 80.000 Quadratmeter, durch Bauernhaus, Stall und Tenne.

Andreas Eissfeldt war höchstpersönlich 15-mal dort – immer fuhr er 200 km einfach von München aus.

Man war in der letzten Runde angekommen, drei Parteien noch im Rennen.

Der „unglaublich schwierige Verkäufer", der „alles wusste", war wahrhaftig ein anstrengender Partner in diesem Geschäft.

Wer (um alles in der Welt) interessiert sich für so ein riesiges altes Anwesen? Überraschend viele unterschiedliche Leute: Die einen wollen sich einen Traum erfüllen und sich einen Pferdehof gönnen. Die anderen finden wenigstens das Haus schön. Immerhin 200 Quadratmeter Wohnfläche ... allerdings aus dem 18. Jahrhundert ... und so gar nicht mehr repräsentativ. Aber es gibt gar viele Ideen, sich das alte Haus neu zu gestalten.

Und manche wollten schon immer einmal im Leben selbst Landwirtschaft betreiben. Sie sehen sich bereits, wie sie Kartoffeln, Karotten und Kohl im großen Stil anbauen, Bohnen und Erdbeeren ernten und wie ihre Hühner frei herumlaufen.

Als sei er vom Himmel gefallen, tauchte plötzlich ein ganz ein anderer auf: ein Vorstand eines in Bayern bekannten Automobilherstellers. Der hatte offenbar gleich große Pläne und viel Spaß daran, seine ansehnliche Oldtimer-Sammlung in der Tenne unterzustellen. Es versteht sich von selbst, dass die Tenne in dem damals aktuellen Zustand nicht passabel war. Voll verkleidet sollte sie sein und freilich brauchten die alten Sammlerstücke andere klimatische Bedingungen, also eine Klimaanlage. So die vagen Vorstellungen. Zum Kauf konnte er sich allerdings nicht entschließen.

Eine Million war also der minimale Kaufpreis – zumindest so der konkrete Wunsch des Verkäufers. Es gab Angebote ... einige. Viele lagen nur knapp unter seinen preislichen Vorstellungen. Keine Chance! Diese Angebote schlug der Verkäufer konsequent aus. Das erleichterte die Verhandlungen nicht wirklich. Es zog das Ganze eher ziemlich in die Länge. Monate vergingen. Das Objekt wurde nicht schöner.

Aber da meldete sich doch eines Tages (endlich) noch ein interessanter potenzieller Käufer auf das Inserat: „Da kann ich meine Sachen machen, da habe ich meine Ruhe", sagte sich der Agrarmaschinenhersteller. Auch mit ihm ging's immer wieder hin und her. Fragen über Fragen. Immer geduldige Antworten.

Eines Tages spazierten der Produzent von landwirtschaftlichen Maschinen und der Makler einmal mehr auf den 80.000 Quadratmetern herum: überlegend, debattierend, immer wieder kommt der Traktor ins Gespräch, abwägend.
Plötzlich hält der Geschäftsmann dem Makler die Hand hin und sagt „Eine Million – aber inklusive Traktor".
Aha, da hatte sich der Agrarmaschinenhersteller also in den alten Traktor verguckt.
„Schaut gut aus, aber versprechen kann ich noch nichts", meinte Andreas Eissfeldt.
Ganz so flott, wie's zunächst wirkte, war der Handel leider nicht zu erledigen. Da hat's einen langen Atem gebraucht, viele Reisen und sehr viele intensive Telefonate. Vor allem war inzwischen noch ein weiterer Interessent im Spiel. Und der „tolle" Traktor war ja eigentlich dem

Nachbarn versprochen, der sich seit Jahrzehnten um das kranke Pferd des Bauernhof-Eigentümers gekümmert hatte. Die Verkaufsverhandlungen gestalteten sich also außerordentlich schwierig. Aber dann ließ sich der Verkäufer endlich überzeugen.

Was ist aus dem großen Objekt, der „Alleinlage am Ende des Nichts – am Anus des Kosmos" geworden? Heute übt die Schwester des Agrarmaschinen-Produzenten experimentelle Landwirtschaft auf dem Anwesen aus. Er selbst testet dort seine Maschinen. Und damit wird der Bauernhof quasi wie früher genutzt und ist seiner ursprünglichen Bestimmung wieder zugeführt.

Der antiquierte Traktor, letztendlich ausschlaggebend für den Verkauf, ist glücklicherweise auch geblieben, wo er war.

Und an den Käufer erinnert sich der Makler sehr gerne: Er ist ein „wunderbarer Mensch, völlig frei von Gehabe, lässig, tiefenentspannt, unprätentiös".

6. Geschichte
Die allererste echte Freundin …
eine Geschichte über den Tod hinaus

Andreas Eissfeldt erzählt:

Im Dezember 2021 erreichte mich eine Mail der Schwester meiner allerersten echten Freundin.

Die allererste echte Freundin hat mir erklärt, wie man küsst. Ich war damals so 15 oder 16.

„Weißt du denn, wie man küsst?", fragte sie mich. Ich: „Nein." Oh Mann! Ich war paralysiert, bemüht, den Versuch, mich nicht danebenzubenehmen, vernünftig zu beenden. Das war der pure Stress!

Gut, nach dreieinhalb Jahren haben wir uns dann getrennt.

Mit 38 Jahren ist sie am plötzlichen Herztod gestorben.

Das hat mich damals wirklich sehr getroffen.

Ihre Mutter hatte eine Privathaftpflicht- und eine Hausratversicherung bei mir abgeschlossen. Nur deswegen konnte sich die Schwester meiner allerersten echten Freundin überhaupt noch an mich erinnern.

Es ist nicht lange her, da musste die Mutter ins Pflegeheim. Die Versicherung für die Wohnung der Mutter war nicht mehr notwendig. Deswegen wollte die Schwester mal bei mir nachfragen. Sie schrieb also mich, den allerersten echten Freund ihrer Schwester, an. Und freilich kannte ich die Mutter gut, ebenso wie ihre Wohnung, in der ja auch meine allererste echte Freundin gewohnt hatte.

70 Quadratmeter, Baujahr 1964, drei Zimmer. Alles winzig und verwinkelt, denn ins Wohnzimmer ragt quasi die Nachbarwohnung.

Mitte der 60er hatte man am liebsten Bad und Toilette getrennt. Dafür war die Küche sehr klein. Damals baute man die Wohnungen gerne so.

Es wurde immer nur über die Versicherung gesprochen. Endlich mal kamen wir auf den Wohnungsverkauf, den sie auch haben wollte ... Ich war total überrascht, dass es hier um Eigentum geht. Ich dachte, die Wohnung sei gemietet. Und die Freundin meiner allerersten echten Freundin kannte mich bisher nur als Versicherungsmakler. „Ich bin seit mehr als 30 Jahren Immobilienmakler. Falls du da jemanden suchst, der dir deine Wohnung verkauft ..."

Die Wohnung sollte also verkauft werden. Und es war nicht egal für wie viel. Es war sogar entscheidend, wie viel Geld dafür bezahlt wurde, denn die Schwester ist freischaffende Künstlerin. Sie hatte sich nur an mich gewandt, weil ich ja – so sagte sie – „ein netter Mensch" bin. („Makler mit Herz").

(Apropos. Warum eigentlich? Was macht denn einen guten Makler aus? Andreas Eissfeldt stellt hohe Ansprüche an sich und meint: „Ein guter Makler ist aufrichtig, ehrlich, vertrauenswürdig. Er wägt die gegenseitigen Interessen und den allgemeinen Nutzen ab, ist authentisch, aufmerksam und konsequent. Er bietet professionelle Leistung auf hohem Niveau und pflegt den Kontakt mit seinen Auftraggebern.")

Die freischaffende Künstlerin und ich telefonierten also. Wir verabredeten uns. Nach 30 Jahren haben wir uns dann zum ersten Mal wiedergesehen. Freilich in der Wohnung.
„Ich wusste ja noch, wo's ist."
Termin war 11.30 Uhr.
Wir sind uns spontan einfach um den Hals gefallen.

Ich habe mir dann die Wohnung angeschaut. Die war wirklich voll.

Im großen Ganzen kannte ich die Räume ja. Ich war aber entsetzt, wie klein und erdrückend das alles war. Anders als in meiner Erinnerung. Wir haben uns alles gemeinsam ausführlich angeschaut. Die freischaffende Künstlerin und Schwester der allerersten echten Freundin war ohnehin beschäftigt in der Wohnung ihrer Mutter: Es gab wahrhaftig viel zu räumen.

Allein kiloweise Abrechnungsbelege, datiert seit 1998! Die Mutter hatte ein Lottogeschäft.

Ein angenehmes Mittagessen haben wir uns trotzdem zwischendurch gegönnt.

An dem Tag sollte ohnehin noch keine Entscheidung über den Verkauf getroffen werden.

Wir telefonierten Tage später wieder und besprachen den weiteren Ablauf. Irgendwann dann kam von mir die Frage:
„Willst du, dass ich die Wohnung verkaufe?"
„Ja, ich will."
Jetzt war der Auftrag klar erteilt.

Letztendlich habe ich ihr sogar geholfen beim Ausräumen der Wohnung („Makler mit Herz").
„Wohin bloß mit all den Abrechnungsbelegen?"

Also habe ich eines Tages die alten Papiere kistenweise aus der Wohnung geschleppt und zum Schreddern in mein Büro gebracht. In diesem Fall hab ich das auch wirklich gerne gemacht.

Es musste ja entrümpelt werden. Sonst wäre das mit dem Verkaufen auch nichts geworden. Auch habe ich sie beraten, welche Renovierungen am besten zu machen sind, und einen Gutachter bestellt. Schließlich verlief der Verkauf dann sehr reibungslos. Ein junges Ehepaar aus der Nachbarschaft mit einem Kind hat die Wohnung gekauft und renoviert.

7. Geschichte
Stammtischkäufe

München hat viele Bars. In einigen treffen sich Makler und andere interessante Menschen regelmäßig zum Erfahrungs-, Informations-, Gedanken- und Geschichtenaustausch. Manchmal offenbar auch, um eine Wohnung zu kaufen oder zu verkaufen.

In einer Bar in München Nähe Viktualienmarkt am Stammtisch gibt's eine rege Diskussion: Einer der Stammtisch-Gäste hat eine Wohnung am Mittleren Ring. Am liebsten würde er sie schnell verkaufen. Die Tiefgarage soll saniert werden. Das bedeutet, die Eigentümergemeinschaft muss eine größere unvorhergesehene finanzielle Ausgabe stemmen und dafür einen Kredit aufnehmen.

Die Wohnung gehört ihm seit 15 Jahren. Eine Einzimmerwohnung in einer super Lage, „eine Wohnung mit Sicht", sagt man, sogar mit Blick auf den Olympiaturm.

Ein-Zimmer-Appartements gehen in München eh weg wie warme Semmeln.

Was tun? Alle am Stammtisch denken gemeinsam über eine Lösung nach.

Die smarte Barkeeperin hat gute Ohren. Es gehört ja zu ihrem Job, möglichst viele Wünsche ihrer Gäste zu erfüllen. Und sie kennt ihre Kunden gut.

Nebenan sitzt jemand, der könnte helfen: „Der da ist Makler", zeigt sie auf Andreas Eissfeldt. Auch er ist regelmäßig Gast in der Bar. Die Barkeeperin hat den entscheidenden Hinweis gegeben.

Die Wohnung wird also inseriert, ein Bieterverfahren vorbereitet. Das ist Routine.

In der „Wohnung mit Sicht" wohnt ein jüngerer Mann ohne Arbeit, sogar arbeitsunfähig. Er würde vermutlich nie wieder eine ähnliche Wohnung bekommen – schon gar nicht in der Lage und zu diesem Mietpreis.

Interessenten für das kleine Appartement gab's einige: Mehr als 40 Leute wollten diese Wohnung kaufen.

Aber – und das ist durchaus besonders – die Beteiligten am Stammtisch entschieden sich auf Anraten von Andreas Eissfeldt letztendlich, auf das Bieterverfahren zu verzichten, d. h. nicht am meisten aus dem Geschäft herauszuholen, sondern den Mann für eine bezahlbare Miete in dem Appartement weiter wohnen zu lassen.

Dieser Mann hatte also großes Glück, ohne es zu wissen. Dank eines Immobiliengeschäfts, bei dem nicht der bestmögliche Profit erzielt werden sollte.

Dieses Problem ließ sich also wahrhaftig am Stammtisch lösen. Und es sollte auch noch schnell gelöst werden. Wegen der Corona-Pandemie drohte ein Lockdown. Ein Grund mehr für schnelles Handeln. Unter all den „Bewerbern" am Stammtisch fand sich einer, der hatte bereits eine Wohnung in dem Objekt, fragte nicht lange, überlegte auch nicht lange. Er nahm die Wohnung kurz entschlossen für den vorgeschlagenen – übrigens äußerst passablen – Preis. Angeschaut hat er sie sich nicht.

Wirklich in Augenschein genommen hatte die Wohnung bisher nur der Bar-Besucher Andreas Eissfeldt. Er war also der Einzige, der wusste, wie's in der Wohnung wirklich aussah und wer da wie drinnen lebte. Diese Infos konnte er aber offenbar äußerst glaubwürdig in die Stammtisch-Runde einbringen. Sonst wäre der Kauf nicht so schnell zustande gekommen. Der junge arbeitsunfähige Mann hätte vermutlich auf der Straße gesessen. Und die Stammtisch-Freunde wären um ein gutes Werk ärmer.

Auf jeden Fall ist Andreas Eissfeldt jetzt Mitglied im Kreis hochinteressanter honoriger Leute am Stammtisch in der Bar Nähe Viktualienmarkt. Und es ist inzwischen eine sehr gute Freundschaft zwischen ihm und dem Verkäufer entstanden. Denn der Verkäufer der „Wohnung mit Sicht" ist einfach nur froh. Heute noch treffen sich die beiden jeden Freitag und schauen, wie's dem anderen geht. Immobilienkauf ist offenbar (Stammtisch-) Vertrauenssache …

8. Geschichte
**Freischützstraße oder
„Wie umgehen mit Vorzugskäufern?"**

Also, die Wohnung ist vermietet.
Sie gehört einem gemeinnützigen Verein.
Für den Verkauf sollte eigentlich ein Gutachten angefertigt werden.
Darüber wurde der Vertreter des Mieters informiert.
Es kam zur Besichtigung.
66 Quadratmeter, drinnen stehen zwei Stockbetten und drei normale Betten, macht also insgesamt sieben Betten. Ungewöhnlich. Eine Großfamilie, oder? Es war doch nur die Rede von einem Mieter ...
Die Küche ist etwa fünf Quadratmeter groß. Was auffällt: Einige Pfannen stehen drin. Ungewöhnlich. Eine Großfamilie, oder? Mit großem Appetit.
Es dauert eine Weile, bis man dann dahinterkommt: Die Wohnung ist an Bauarbeiter untervermietet. Und die bezahlen zu wenig Miete, jedenfalls meint das der Vermieter der Untervermieter. Drum will er den Hauptmietvertrag auflösen.
Also bekommt er eine Mietaufhebungsvereinbarung zugeschickt.

Die Geschichte ging bald weiter.
Die Wohnungsübergabe ist vereinbart. Ein Tag vorher kommt – Überraschung! – der Brief einer Anwältin, die sich als Anwältin des Vermieters legitimiert.
„Der Kerle zieht net aus" – das scheint die Quintessenz zu sein. Wirklich eine unangenehme Verzögerung der Angelegenheit.

Offenbar hatte aber ein Anruf bei der Hausverwaltung genügt und die Wohnung war wenigstens leer geräumt.

Dann dauert es wieder ... auch weil sich die zwei Anwältinnen ständig hin und her schreiben. Die Vertreterin des Mieters und die Vertreterin des gemeinnützigen Vereins. Dazu kommt auch noch – so die Einschätzung unseres Münchner Maklers – (und wir entschuldigen uns lieber gleich mal im Vorhinein für die Formulierung), dass die Mieter-Vertreterin wohl „nicht die hellste Kerze auf der Torte" ist.

Der Mieter oder, besser gesagt, die sieben Bauarbeiter, an die er untervermietet hatte, sollten ja längst raus sein aus der Wohnung. Mitsamt den sieben Betten und den zahlreichen Bratpfannen, die sich in der fünf Quadratmeter großen Küche gestapelt hatten.
  Die logische Vermutung unseres Maklers: „Dieses Unterfangen wird wohl nicht von Erfolg gekrönt sein."
  „Also Verkaufen."
  Zwei Angebote sollten es sein. Wer mehr bietet, kriegt's. Schlicht und einfach. Normalerweise.
  Die Angebote trudeln ein: Beide bieten 350.000 Euro. Das kann ja wohl nicht wahr sein!
  Mehr ist da nicht drin: Zwar immerhin 66 Quadratmeter und quasi zentral, aber nur, weil die Wohnung direkt an einer befahrenen Straße und direkt an der S-Bahn liegt.
  Beide Interessenten werden angeschrieben und um ein weiteres Angebot gebeten. Da muss noch mal nachgelegt werden. „Dann wäre die Sache sicher klar, der Vorgang erledigt", meint der Makler Andreas Eissfeldt.
  Der Erste bietet brav 363.000 Euro. Der Zweite bietet nicht. Hartnäckig, weil er ja schließlich ein Vorzugskäu-

fer sei. Aha. Ein Vorzugskäufer. Warum eigentlich? Wenn das alles so einfach wäre! Es war keine Lösung in Sicht.

Die Konsequenz: Das Objekt musste doch öffentlich angeboten und ein Markt im Sinne des gemeinnützigen Vereins erzeugt werden.

Jetzt wird also öffentlich angeboten. Für 389.000 Euro. Mal sehen ... Mit dem Risiko, dass Besichtigungen vereinbart werden. Der Mieter aber keine Lust dazu hat und die Tür gar nicht erst aufmacht.

Dennoch wurde ein Termin vereinbart.

Und es kam wahrhaftig zu dem Besichtigungstermin. Alles gut. Die Wohnung war – unerwartet und glücklicherweise – leer. „Schaut ja ganz anders aus. Letztes Mal war's doch etwas überbelegt."

Der Mieter und der Vorzugskäufer waren dabei.

Erstaunlich. Irgendwie verdächtig. Die Stimmung war gut, zu gut. Warum? Ja genau: Mieter und Kaufinteressent waren Spezln. Und jetzt war auch klar: Vorzugskäufer – klar, der kannte die Wohnung vorher.

Zu dem Termin kamen dann nur fünf Leute. Drei haben ein Angebot abgegeben. Mit dem Vorzugskäufer war ein Maximalgebot vereinbart worden.

Alles lief glatt: Der Vorzugskäufer hat den Zuschlag bekommen – für 368.000 Euro. Und er lässt den Mieter drin.

Die Spezln haben gesiegt.

Der Makler aber auch.

Alles gut.

Geht doch.

9. Geschichte
Theresienstraße 46

Ein gemeinnütziger Verein hat Andreas Eissfeldt bezüglich einer Wohnung in München angesprochen. Der Verein hatte die Wohnung geerbt.

Eigentlich würde es ja einen Käufer geben ...

Der Vertreter des Vereins war aber sehr vorsichtig und wollte den Münchner Makler zunächst „für ein Beratungshonorar beschäftigen". Ungewohnt. Spannend.

Die Wohnung jedenfalls ist in den 1950ern gebaut, im fünften Stock, 78 Quadratmeter groß mit drei Zimmern, in sehr guter Lage: Ecke Theresien- und Türkenstraße. Damals war es so gut wie unvorstellbar, dass jemand zur Miete in einer Wohnung lebt. In dieses spezielle Objekt in der Theresienstraße zum Beispiel hat man sich „langsam reingekauft". Kurz zu den Preisen damals: Die unteren Wohnungen kosteten rund 18.000 DM. Weiter oben waren die Preise noch niedriger. Da gab's dann bereits was für 12.000 DM. Das Haus hat acht Stockwerke, damals aber noch keinen Lift. Die oberste Etage war also am beschwerlichsten zu erreichen und damit auch günstiger zu haben.

Das Besondere an der Bleibe, um die es uns letztendlich geht: Das Gebäude hat Franz Joseph „Sep" Ruf entworfen. Bis 1950 war von ihm noch wenig im Angebot. Diese Wohnung war eine der ersten, die zum Verkauf stand. Sep Ruf hat mit seinen transparenten Bauten die

Nachkriegsarchitektur entscheidend geprägt, hat unter anderem den Kanzlerbungalow in Bonn entworfen und gehört zu den bedeutendsten deutschen Architekten des 20. Jahrhunderts.

Der gemeinnützige Verein hatte die Wohnung von einem Künstler geerbt. Und dieser gestaltete sich die Wohnung damals freilich ganz nach seinen Wünschen. Die Glasfliesen von Sep Ruf haben seinen Geschmack getroffen. Transparent sollte es eben sein. Lichtdurchflutet. Sogar im Einbauschrank sind diese Fliesen zu finden. Und – mal ganz anders, weil eben Künstler – das Atelier hat sich der Mann in der ehemaligen Küche eingerichtet.

Typisch ist der lange Südbalkon. Auch der Flur ist sehr lang und liegt – auch ungewöhnlich – in etwa zehn Metern quer vor einem, wenn man zur Tür reinkommt.
    Sep Ruf liebte Transparenz. Der Künstler auch. Dementsprechend belichtete er auch seinen Flur – mit kunstvollen Glasbausteinen, die wie Ornamente wirken.

Wie sollte es also mit dieser einzigartigen Wohnung weitergehen?
    Kam der Nachbar infrage? Er hatte ein Vorkaufsrecht, das im Testament stand. Und er hatte die 1860er-Fahne außen an seinem Balkon gehisst. Vorteil oder Nachteil?

Alles lief wie immer: Angebot, Nachfragen, Besichtigungen ...

Die Wohnung war völlig renovierungsbedürftig. Eigentlich hatte die Wohnung keine Küche. In der ursprünglichen

Küche war ja jetzt das Atelier. Ein anderer Raum war quasi zur Küche umfunktioniert. Das gesamte Inventar hatte der Künstler seinen Freunden und seinem Mann vermacht. Die alle haben daraus mal eben die Berechtigung abgeleitet, die Küchengeräte zwar mitzunehmen, die Küche an sich aber nicht. Alles musste neu gemacht werden: Die Böden und Wände waren kaputt. Ein neues Bad musste auf jeden Fall her.

Aber es meldeten sich immerhin mehr als 80 Interessenten auf das Wohnungsinserat.

20 Parteien kamen zum Besichtigungstermin. Jeder konnte ein Angebot machen. Maximal wurden 1,25 Millionen Euro geboten. Ohne Stellplatz! Stellplatz gibt's da keinen.

Dann war's so weit: Der Meistbietende sollte die Reservierungsvereinbarung unterschreiben. Dieser war überraschend zögerlich: „Ich bin davon ausgegangen, dass jemand mehr bietet", lautete seine Erklärung. Begeisterung klingt anders. Nach zwei Tagen teilte er dann schließlich mit, dass die Lage seiner Frau doch zu laut sei. Er sagte also ab. Das war dann keine wirkliche Überraschung mehr.

Das war also mal geklärt. Und ehrlich gesagt zur vollsten Zufriedenheit des Maklers: Andreas Eissfeldt freute sich riesig. In diesem besonderen Wohnungsverkauf mussten mehr Emotionen stecken. Das war ihm klar. Dieses Objekt musste jemand bekommen, der liebend gern darin wohnen wollte.

Der Nächste war jemand, der 1,15 Millionen Euro geboten hatte. Auffällig waren seine besonders sympathische

Art und seine sehr gut formulierten „Bewerbungstexte". Offenbar hatte sich da jemand geradezu in diese besondere Wohnung verliebt. Andreas Eissfeldt konnte das gut verstehen und hätte ihm diese Wohnung sehr gerne verkauft: „Ach ja, das wäre schön, wenn er dieses Objekt bekommen würde."

Der Besichtigungstermin lief ebenso sympathisch ab. Ein äußerst angenehmer und entspannter Interessent. Die schönen Texte stammten nicht von ihm selbst, stellte sich heraus, sondern von seinem Mann. Offenbar die totale Harmonie. Und es war so viel Empathie bei den beiden zu spüren. Da begeisterte sich offenbar wirklich jemand für dieses schöne, geschichtsträchtige Objekt.

Dann musste leider gesagt werden, dass es einen Menschen mit einem Vorkaufsrecht gibt. Auch hier keinerlei Panik: „Ja, dann schauen wir mal", war die Antwort des Interessenten. Er wollte nur noch genau wissen, was das eigentlich bedeutet. Das bedeutet: Es muss zunächst ein Kaufvertrag geschlossen werden. Und es kann bis zu zwei Monate dauern, bis der Interessent sicher weiß, ob er die Wohnung überhaupt bekommt. „Kein Problem." Wieder völlig unaufgeregt.

Und da gab's noch eine Unbequemlichkeit: Der Aufzug an der Theresienstraße ist klein, sehr klein: Ein Meter mal 60 Zentimeter. Keine Chance für größere Möbel, wie einen schönen Schrank aus dem Jugendstil oder Ähnliches. Ein Transport ist da nur per Kran von außen möglich. Vielleicht auch mit Außenaufzug. Und nur inklusive vorübergehendem Ausbau der Fensterfront. Dieses Thema wurde erst mal hinten angestellt. Entspannt.

Alles ging seinen Weg: Nach der Nachgenehmigung wurde der Vorkaufsberechtigte angeschrieben per Einschreiben mit Rückschein. (Sie erinnern sich: Der Nachbar mit der 1860er-Fahne auf dem Balkon hatte das Vorkaufsrecht.) Er hatte zwei Monate Zeit, sich zu entscheiden. Nun, nach zehn Tagen, war noch nicht mal der Rückschein zurück. Der Makler ruft im Notariat an. „Wo ist bitte der Rückschein?" Der Notar-Assessor: „Weiß ich nicht, aber ich habe die heutige Post noch nicht aufgemacht. Ich schau mal nach." Nein, kein Rückschein, aber ein Brief des Vorkaufsberechtigten (mit der 1860er-Fahne), dass er auf das Vorkaufsrecht verzichtet. Großartig!

„Das hat mein Herz erwärmt und mich so wahnsinnig gefreut." Andreas Eissfeldt war mehr als zufrieden: „Solche Wohnungen wie diese haben wundervolle Geschichten. Und diese Geschichten müssen weiter darin leben und neue müssen dazukommen."

Und so wird es sein: Die ehemalige Künstler-Paar-Wohnung hat ein Mann bekommen, der mit seinem Partner die Wohnung aufwertend renoviert, sehr schätzt und liebend gerne darin wohnt. Entspannt.

Happy End!

„Hu — ist das hoch!" rief die junge Frau, als sie zum ersten Male auf der breiten und hellen Veranda ihrer im siebenten Stock gelegenen Zweizimmerwohnung stand und auf die Straße schaute. Aber ihr Mann sagte sich: „Wir ziehen ganz hoch hinauf, dann haben wir die Sonne aus erster Hand und wohnen ‚über den Dächern von München'. Und obendrein ist es wesentlich billiger!"

„Ha – ist das hoch!" rief die junge Frau, als sie zum ersten Male auf der breiten und hellen Vorauds ihrer im siebenten Stock gelegenen Zweizimmerwohnung stand und auf die Straße schaute. Aber ihr Mann sagte sie und dann fuhr sie noch einmal: „dann haben wir die ruhige Luft unter Hand und wohnen über den Dächern von München." Und obendrein ist es wesentlich billiger!

Das Fensterputzen geht noch einmal so schnell, wenn man es gemeinsam macht. Und es macht dopelt Spaß, wenn man es weiß, daß man die Wohnung ganz gründich, daß einem Renoovieren und Umbauen in nicht einmal einen Hauseigentümer gibt, aber das man sich seinen Kraft.

„Das ist unser Haus" ...

Hauseigentümer: Die Mieter

Ein junges Paar zieht in eine wirklich eigene Wohnung

Ein neuer, viel diskutierter Haustyp ist nun auch in Deutschland Wirklichkeit geworden: das Haus mit sogenannten Eigentumswohnungen. Die Interessenten zählen in diesem Falle keine Baukostenzuschüsse oder Mietervorzahlungen, sondern einen einmaligen Kaufpreis. Sie sind also keine Hausbesitzer mehr, sondern Eigentümer der Wohnung. Brauchbare, einstöckige Bauten sind jetzt in München ein Haus an einem Paar, Peter und Renate, die Grundstein zu diesem Haus gelegt. Noch im August vorigen Jahres wurde die Grundsteinlegung, und am Ende dieses Monats werden Peter und Renate in ihre eigene vier Wände ziehen. Ein Stockwerk des modernsten EinfamilienHauses ist darin enthalten, ein Stockwerk ist also ihr Eigentum. Ähnlich diese Eigentumswohnungen bieten bei einzelnem Hause. Eine Wohnung in einem München kostet zwischen 14000 und 16000 DM. Für die Bewohner gibt es also Wohnungsgelder, die nach 17 Jahren ist Monatlich müssen dann zwischen 60 und 120 DM aufgebracht werden. Nach zehn Jahren verlangern sich diese Wohnungssumme erheblich. Wer hat 17 Jahren ist die Wohnung Eigentum. Die Frage ist bei diesen Wohnungskauf nur: Wer hat so viel Geld?

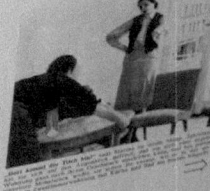

~~Hauseigentümer:~~ Die Mieter

Ein junges Paar zieht in eine wirklich eigene Wohnung

Ein neuer, viel diskutierter Haustyp ist nun auch in Deutschland Wirklichkeit geworden: das Haus mit sogenannten Eigentumswohnungen. Die Interessenten zahlen in diesem Falle keine Baukostenzuschüsse oder Mietvorauszahlungen, sondern einen bestimmten Kaufpreis. Sie werden damit nicht zu Mietern, sondern regelrecht zu Eigentümern der Wohnräume. Es gibt hier also keinen Hausbesitzer mehr, das Haus gehört vielmehr anteilmäßig allen Bewohnern. REVUE-Reporter Ernst Grossar hat in München ein junges Paar, Peter und Marina, beim Einzug in ein solches Haus beobachtet. Im August vorigen Jahres wurde der Grundstein zu diesem siebenstöckigen Bau gelegt. Jede Woche wurde ein Stockwerk aufgezogen, und in sieben Wochen stand der Rohbau fertig. Am 1. April war es dann so weit, daß die neuen Eigentümer einziehen konnten. Eine Wohnung in diesem nach modernsten Gesichtspunkten errichteten Haus kostet zwischen 14 000 und 18 000 DM. Ein Fünftel dieser Summe muß beim Einzug bezahlt sein. Monatlich müssen dann zwischen 80 und 100 DM — ähnlich einer Wohnungsmiete — entrichtet werden. Nach zehn Jahren verringert sich diese Summe auf die Hälfte, und nach 27 Jahren ist die Wohnung Eigentum. Die Frage ist bei diesem Wohnungskauf nur: Wer hat so viel Geld?

10. Geschichte
Eine Anzeige – 600 Interessenten – OMG!

Das ist kein Witz. Das ist eher der Wahnsinn.

75 Quadratmeter, schlecht belichtet, auf gut Deutsch: dunkel, wenn nicht gar stockfinster, kein Stellplatz.

In München, in der Au, Nähe Columbusplatz. Der Eisbach rauscht unterm Balkon durch ins Unterirdische, bis er dann später beim P1 rauskommt. Reinspucken kann man da vom Balkon aus, so nah ist der Bach. Oder sich reinstürzen, falls das Bedürfnis da ist.

So, und jetzt kommt's: Schlappe 569.000 Euro stehen im Inserat. Für dieses Objekt. 30 Jahre alt. Und in wahrlich „beschissenem" Zustand. 569.000 Euro! „Das war schon heftig aufgerundet", meint Andreas Eissfeldt.

Im winzigen Keller ein Trockengerät, das permanent läuft. Warum das auch noch? Weil der Eisbach so kalt ist (heißt ja auch so) und quasi über die Kellerdecke fließt, was wiederum eine sehr hohe Luftfeuchtigkeit zur Folge hat. Die muss eben getrocknet werden. Permanent.

Aber der winzige Keller ist trocken.

Winzig heißt: „Wie ein größeres Schließfach."

Eines Freitagabends etwa um 19 Uhr hatte der Makler die nicht vielversprechende Anzeige ins Internet gestellt. Überraschung! Innerhalb von nur 30 Minuten 50 Anfragen.

„Ich beantworte jede Anfrage mit persönlicher Anrede", da hatte sich Andreas Eissfeldt was vorgenommen. Innerhalb von zehn Tagen wurden es 600 Interessenten.

Das ist kein Witz.

„Ganz grausam ist das. Deprimierend", meint er.

Alle wurden angeschrieben. Alle bekamen ein Exposé mit der Nachfrage, ob eine Besichtigung gewünscht ist. Siehe da: Mehr als 300 Interessenten wollten eine Besichtigung! Das machte die Sache überhaupt nicht einfacher ...

„Zunächst möchte ich mein Bedauern über eine Fehleinschätzung ausdrücken, denn anders ist die Tatsache, dass ich diese Mail ca. 300!! Mal versende wohl nicht zu begründen."

Die Hälfte der Interessenten wollte die „Wohnung" dann anschauen. All die Menschen in Corona-Zeiten durch 75 Quadratmeter schleusen. Das gab's noch nie. Eine große Herausforderung. Wie das am besten angehen? Zunächst braucht's dafür ein Klemmbrett. Für die Organisation der Listen. Für den Überblick des Maklers. Bis dahin war er ohne Klemmbrett ausgekommen. Diese Zeiten aber waren schlagartig vorbei. Es musste dann auch noch eines mit Ledereinband sein. Also gut.

Noch mal: Das dunkelste Bad, das es gibt. Eine dunkle Küche mit Fenster, eigentlich schön, aber das Fenster nur auf den dunklen Balkon über dem rauschenden Eisbach. Dunkler Balkon, weil davor unzählige Laubbäume stehen, die keinen Lichtschein, geschweige denn Sonnenstrahlen durchlassen. Im Sommer allerdings aber auch schön kühl.

Der Tag der Besichtigung: der erste eisig kalte Sturmtag im Oktober. Der Makler mit seinem neuen Klemmbrett vor der Türe der Wohnung am Eisbach.

Alle 150 Parteien, also mindestens 300 Besucherinnen und Besucher, empfängt er nach und nach und immer überaus freundlich.

„Eine Besichtigung sollte möglichst nicht länger als ca. 10 Minuten dauern. Da die Wohnung nicht groß ist und 10 Minuten länger sind als man denkt, sollte dies möglich sein."

Sieben Stunden lang. „Kalt war's!" Und das Klemmbrett war Gold wert. Ohne die neue Anschaffung wäre das nicht gut gegangen. Mehrere Seiten Excel-Tabellen mit Namen, Besichtigungszeiten und so. Um 11.30 Uhr ging's los. Open End. Immer mit Klemmbrett. „Der Deutsche will, dass da einer mit Klemmbrett steht." Und der stand da – sieben Stunden lang. „Sie haben aber eine lange Liste." „Ja, wir sind aber jetzt bereits auf der dritten Seite." Vier Seiten waren es.
    Exakte Vorbereitungen waren unumgänglich gewesen. Akribische Ausschilderungen in den Keller notwendig. Und trotzdem verlief sich ständig einer.

„Wo ist bitte der Keller?"
    „Im Keller!", meinte Andreas Eissfeldt.

Der winzige Keller: ein Meter mal zwei Meter – und die um die Ecke.
    Irgendwann waren wahrhaftig dann alle durchgekommen.

„Nach der Besichtigung bitte ich Sie, sich zu überlegen, ob das Objekt für Sie in Frage kommt, und welchen Betrag Sie für diese Wohnung ausgeben möchten/wieviel Ihnen das Objekt wert ist.

Diesen Betrag bitte ich Sie, mir bis Montag, den 25. Oktober 2021 mitzuteilen.

Es wird KEINE VERSTEIGERUNG!! erfolgen.

Mit Der-, Dem- oder Denjenigen, welchem/n das/die Objekt/e am meisten wert ist, werden wir weitere Verhandlungen führen."

Die Angebote trudelten die kommenden Tage ein.

75 Quadratmeter, stockfinster, kein Stellplatz, ein winziger Keller, der um die Ecke geht, mit Trockengerät, das ständig läuft, in „beschissenem" Zustand die ganze Wohnung, 30 Jahre alt.

569.000 Euro hatten wir gesagt.

Es dauerte gar nicht lange, da war man bei sage und schreibe 783.000 Euro angelangt. Wahnsinn!

Dann bei 800.000 Euro. Kompletter Wahnsinn!

Und kaum später: 812.000 Euro für diese Wohnung am Eisbach. Oh mein Gott! Der pure übertriebene Wahnsinn! Was ist das denn bloß für eine völlig verrückte (Immobilien-)Welt in München?

Wirklich Spaß hat das alles Andreas Eissfeldt nicht gemacht.

Hoffentlich braucht er das Klemmbrett nicht öfter für solche Zwecke.

11. Geschichte
Das delikate Objekt

Da möchte ein Vater sein Haus an das SOS-Kinderdorf vererben. Zunächst aber soll es sein Sohn bewohnen. Der nutzt es jahrelang auf seine ganz eigene Weise.

Dann stirbt der Sohn. So erbt das Haus der gemeinnützige Verein und damit hat unser Makler wieder einen Auftrag.

Das Haus in Traum-Lage in München – im Herzogpark – soll verkauft werden. Ein attraktives Objekt mit 178 Quadratmetern Wohnfläche, einem enorm großzügigen Grundriss mit interessanterweise nur zwei Zimmern, spezieller Keller inklusive.

Andreas Eissfeldt bekommt den Schlüssel und besichtigt das Haus erst mal alleine. Wie so oft. Business as usual.

Dachte er.

Das Haustürschloss aufgesperrt, ein Schritt rein und unvermittelt sieht sich der Besucher vor einer steilen Treppe. Viel Flur ist da nicht. Es geht gleich hinauf. Warum so plötzlich? Und wo geht's da hin?

Ungewöhnlich ist auch, dass alle elektrischen Jalousien runtergefahren sind. Überall Alarmvorrichtungen. Die Lichtanlage ist komplett mit einem intelligenten Bussystem gesteuert. Eine Etage des Hauses ist total finster.

Dann kommen noch zwei Etagen. Insgesamt sind es also drei.

Die Küche ist im ersten Stock. Schön ist sie nicht: grau, total abgewohnt, ohne jeglichen Glanz. Ansonsten sind da zwar noch Möbel drin, aber alle Elektrogeräte fehlen. Der Grund: Der Lebensgefährte des Sohnes durfte alles mitnehmen, was er haben wollte. Den riesigen amerikanischen Kühlschrank mit Doppeltür und Icemaker hat er dagelassen, aber die Spülmaschine offenbar brauchen können.

Mit der Offenheit und Großzügigkeit in dem Haus ist vor der dritten Etage plötzlich Schluss: Eine mehrfach gesicherte und vielfach zu verriegelnde dicke Wohnungstür lässt keinen unerwünschten Gast durch. Da wollte der Eigentümer dann mal seine Ruhe haben.

Im ganzen Haus nur Marmor und Granit. Alles dunkel. Oben im Schlafzimmer stehen eine Badewanne und eine Dusche. Nur dieser Raum hat dunkles Eichen-Parkett.

Sehr speziell auch die eigenartigen Gestelle an den Wänden mit Spiegeln und stabilen Vorrichtungen zum Aufhängen von malträtierten Menschen. Metallinstallationen an riesigen Wänden, in die jemand reingehängt wird. Und von unten haben alle zugeschaut.

Ungewöhnlich: Überall sind Überwachungskameras installiert.

Noch spannender wird's im Keller: auch hier von oben bis unten dunkler Marmor an den Wänden.
    Und überall schwarze Gummiböden. Darüber hinaus findet sich im Keller ein Safe. Vermutlich für Bargeld.

Was ist das denn? Von der Decke hängen Haken. Wie so Fleischerhaken im Laden. Auch Bolzen und Ösen baumeln von der Decke. Da kann man was dranschrauben. Die unterschiedlichsten Gerätschaften. Je nach Bedarf.

Und dann dieses Loch da hinten. Schon komisch. So was wie eine schwarze Gummizelle. Höchstens ein mal zwei Meter. Sehr niedrig, vielleicht einen Meter nur hoch? Da passt wohl gerade ein Mensch hinein. Der aber kann sich da drin nicht mehr bewegen. Ein Verlies. Eine Folterkammer. Und ein Ausguss auf dem Boden, der ein Ausspritzen möglich macht.

Kein Fenster, keine Tür, keinerlei Belüftung. Eine Grubenlampe beleuchtet das Loch. Ein Aschenbecher hängt auch drinnen.

Zwei Ösen baumeln von der Decke.

Keine Tür, aber eine Öffnung, die mit acht Schrauben und einer Metallplatte zu verschließen ist. Ohne Hilfe von außen kommt da jedenfalls keine/r mehr raus.

Andreas Eissfeldt hat zu tun mit all diesen Eindrücken.

Ein wirklich heikles Objekt. Sogar Freddie Mercury soll hier einige Orgien mitgefeiert haben. Das jedenfalls bestätigt die Nachbarschaft. Überhaupt hat sich der Queen-Star gerne in München aufgehalten. Damals in den 1980ern konnte er sich noch relativ frei in der Stadt bewegen, ohne erkannt zu werden. Eng befreundet war er übrigens mit der österreichischen Schauspielerin Barbara Valentin. Sie hat er oft in ihrer Münchner Wohnung besucht.

Auch dieses „delikate Objekt" fand schließlich einen neuen Eigentümer. Ein Architekt kaufte das Haus mit rund 270 Quadratmeter Grund für 2,8 Millionen Euro. Und der hat sicher viele gute Ideen, wie sich's da drinnen auch anders leben lässt …

12. Geschichte
**Wie sind die Geschichten
ins Buch gekommen?**

Während mein Mann – der künftige Mit-Eigentümer unserer Traumwohnung – fleißig mit dem elektronischen Zollstock in allen Zimmern unterwegs ist und schaut, wie wir wo welche Möbel stellen können, unterhalte ich mich angeregt mit unserem Makler. Die Kulisse könnte schlimmer sein: in unserem künftigen 35 Quadratmeter großen Wohnzimmer mit Blick auf das Olympiadach, den Olympiaturm und – am Horizont – den gesamte Alpenkamm. Traumhaft! Inspirierend! Heute ist Föhn!

„Wie lange sind Sie denn Makler?" „Mehr als 30 Jahre." „Macht Ihnen das Spaß?" „Ja." „Da haben Sie aber sicher einiges erlebt." „Oh ja." (Die Antworten von Andreas Eissfeldt könnten nicht sparsamer sein. Aber ich bin sicher, dass da mehr dahintersteckt. Das kriege ich noch raus. Das scheint mir eine größere Herausforderung. Humor hat er ja … Und er ist wahrlich ein Original. Das könnte schon unterhaltsam werden.)

„Das müssten Sie mal aufschreiben. Sind sicher sehr spannende Geschichten."

„Ja, aber ich kann leider überhaupt nicht formulieren."

Dabei sollte es zunächst bleiben.

Aber – so geht's mir immer wieder – einmal nachts schießt mir die Idee in den Kopf:

Er hat die Geschichten, kann sie nett erzählen, wenn auch noch sicher mehr rauszuholen ist, und ich kann formulieren. Das ist ja mein Job – tagaus, tagein. Gemeinsam könnte das klappen. Und wir könnten auch noch Spaß haben damit.

Er bekommt die Chance, quasi sein Leben zu erzählen. Ich höre nur zu, frage das eine oder andere, schreibe auf und formuliere dann aus.

Heißt: Wir zwei schreiben ein Buch. Genial.

Wie aber überzeuge ich ihn davon? Ob er dieses Projekt gut findet? Zeit dafür hat? Und überhaupt Lust dazu hat?

Direkt fragen, in die Offensive gehen ... das hat schon oft funktioniert.

Nun, die erste Reaktion war verhalten.

Das musste sich erst mal setzen.

Ob denn seine Geschichten für ein Buch geeignet sein würden? Er hatte große Zweifel daran.

Wochen vergingen.

Na gut, war mal einen Versuch wert.

Aber dann. Die zögerliche Antwort kam. Wir versuchen es. Mal sehen, was daraus wird.

Dann geht's los. Wir treffen uns regelmäßig in seiner Stamm-Bar am Viktualienmarkt. Trinken das eine oder andere Gläschen. Erzählen. Erzählen. Erzählen. Haben sehr viel Spaß. Erfahren ganz nebenbei (fast) das ganze Leben des anderen.

Die Quelle der Geschichten sprudelt unaufhörlich. Immer wieder kommen neue hinzu. Wir notieren unaufhörlich Stichworte. Keine Ahnung, ob dieses Werk je fertig wird. Egal. Ob das überhaupt jemand lesen will? Und wer? Wir fragen die gesamte Verwandtschaft und viele Freundinnen und Freunde um ihre Meinung. So schlecht ist die Resonanz nicht, spornt uns an, noch mehr Geschichten zu suchen. Und diese schreibt einfach das (Makler-)Leben. Wir genießen es.

Danksagung

In Gedenken an die Autorin Heike Wolf. Sie hatte die Idee zu diesem Buch und hat es nach vielen Gesprächen mit Andreas Eissfeldt realisiert. Wir sind traurig, dass sie die Veröffentlichung nicht mehr erlebt.

Die Autorin

Die Autorin Heike Wolf lebte mit ihrer Familie in München. Nach dem Studium der Germanistik und Romanistik hat sie beim Bayerischen Rundfunk fast 40 Jahre lang zunächst als Reporterin, später als Redakteurin gearbeitet.

Andreas Eissfeldt, von dessen langjähriger Tätigkeit in der Immobilienbranche der Text erzählt, lebt in München. Er war nach Physik- und Betriebswirtschaftslehrestudium zunächst als Versicherungsmakler tätig. Seit 1991 verkaufte er als Immobilienmakler fast 1 000 Objekte.

Der Verlag

> *Wer aufhört besser zu werden, hat aufgehört gut zu sein!*

Basierend auf diesem Motto ist es dem novum Verlag ein Anliegen, neue Manuskripte aufzuspüren, zu veröffentlichen und deren Autoren langfristig zu fördern. Mittlerweile gilt der 1997 gegründete und mehrfach prämierte Verlag als Spezialist für Neuautoren in Deutschland, Österreich und der Schweiz.

Für jedes neue Manuskript wird innerhalb weniger Wochen eine kostenfreie, unverbindliche Lektorats-Prüfung erstellt.

Weitere Informationen zum Verlag und seinen Büchern finden Sie im Internet unter:

w w w . n o v u m v e r l a g . c o m